LA CANCIÓN DEL SOL

Auh nicnocuencuexantia in nepapan ahuiac xochitl.
Lleno mis enaguas de preciosas flores.
Fragmento de una canción azteca

Para Henry Thompson
   —M. L.

La canción del Sol está basada en un mito que aparece en *Historia Eclesiástica Indiana.* Transcrito por Gerónimo de Mendieta circa 1600. México: Antigua Librería, 1870. El fragmento de la canción pertenece a "Cuica Peuhcayotl" traducida al español del Nahuatl por Cecilio A. Robelo. Cuauhnahuac: 1900. Aparece en *Cantares en Idioma Mexicano.* México: Oficina Tipográfica de la Secretaría de Fomento, 1904.

Este es un mito de los aztecas de México.

ILUSTRACIONES © Charles Reasoner

Library of Congress Cataloging-in-Publication Data

Lilly, Melinda.
   [Song of the sun. Spanish]
   La canción del sol / recreado por Melinda Lilly; ilustrado por Charles Reasoner.
      p. cm.—(Cuentos y mitos de América Latina)
   Translation of : Song of the sun.
   Summary: Eagle Warrior tries to find a way to free his fellow musicians who have been captured by the jealous Sun because they have only honored the Spirit of Night.
   ISBN 1-58952-192-7
   1. Aztecs—Folklore. 2. Aztec mythology—Juvenile literature. 3. Tales—Mexico.
   [1. Aztecs—Folklore. 2. Indians of
Mexico—Folklore. 3. Folklore—Mexico.]   I. Reasoner, Charles, ill.II. Title

F1219.76.F65 L5518 2001
398.2'089'97452—dc21   2001041657

pbk 1-58952-079-3

Printed in the USA

Cuentos y mitos de América Latina
LA CANCIÓN DEL SOL

Mito azteca

Recreado por
Melinda Lilly

Ilustrado por
Charles Reasoner

Adaptado al español por
Queta Fernández

Rourke Publishing LLC
Vero Beach, Florida 32964

El guerrero Cabeza de águila se despertó antes del amanecer y escuchó la música de la noche: la respiración de los otros músicos, el ruido del agua en el canal y los aullidos del tecolote.

Mientras tomaba su flauta de barro dijo: "¡Oh, gran tecolote, compañero de la noche, estoy listo para honrar a tu Dios y al mío, Texcatlipoca, espíritu de la noche!" Ansioso de que empezara la ceremonia, encendió incienso. Hacía años que el guerrero Cabeza de águila se estaba preparando, como muchos otros, sin saber si su flauta iba a ser escuchada. Hoy, el guerrero había sido escogido por el espíritu de la noche para dirigir la ceremonia del templo.

El guerrero Cabeza de águila despertó a los otros músicos. "El tecolote cantó. La noche nos llama." La luz del fuego los iluminaba. "Es hora de ir hacia al templo."

Los músicos se agruparon. Los danzantes estaban listos. Todos los ojos estaban fijos en el guerrero Cabeza de águila. Los tambores teponaztli y vevetl tocaban con cada paso del guerrero, que subía los escalones de piedra de la pirámide.

El guerrero agachó su cabeza emplumada para entrar al recinto pequeño y lleno de humo en lo más alto del templo. Hace muchos años, había sido Espíritu de la noche quien tocaba la flauta para alegrar a su gente. Hoy, el guerrero Cabeza de águila estaba orgulloso de poder ser él quien devolvía el mismo favor.

Se asomó a la ventana y miró el cielo estrellado. En la base de la pirámide, cuatro caracolas anunciaron el comienzo de la danza. Las caracolas, las sonajas de frutas secas, los silbatos de hueso y las otras flautas acompañaban a los tambores, en honor de Tezcatlipoca. Los hombres reunidos en la base de la pirámide gritaban al dios de la noche sus muchos nombres: "¡Espíritu de la noche, Alma del mundo, Nunca ausente, Siempre cerca!".

Cerrando los ojos, el guerrero Cabeza de águila levantó su flauta al cielo y comenzó su canción. Con cada nota, sentía que la noche lo llenaba de poder y que llenaba el mundo de felicidad. Tocó como nunca antes lo había hecho.

Su música se extendió bajo la protección y la mirada de la noche. El dios Tezcatlipoca escuchaba. El guerrero Cabeza de águila y sus músicos cantaban a la noche, pero ya se podían ver las primeras luces de la mañana.

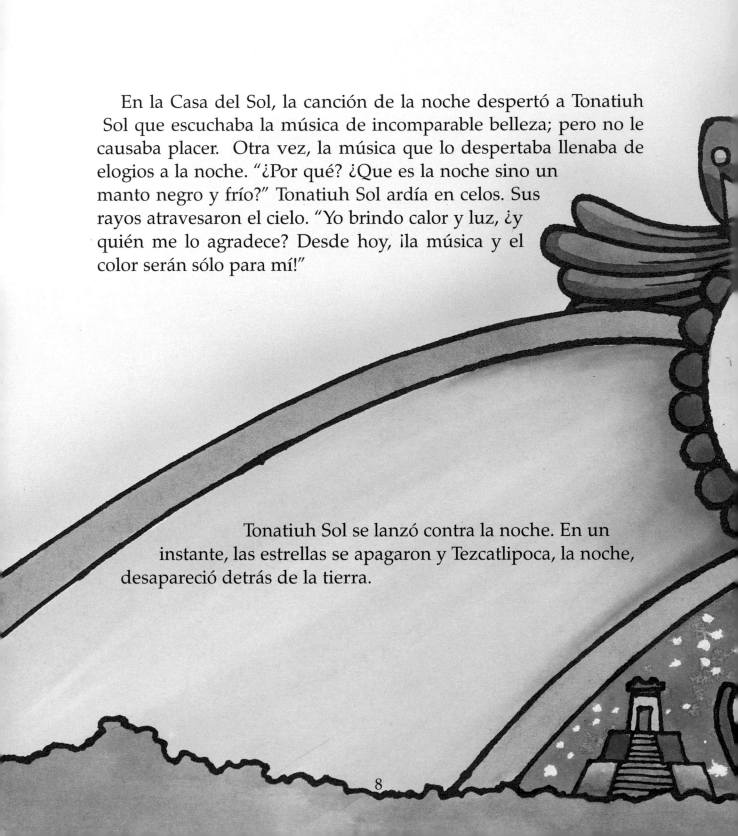

En la Casa del Sol, la canción de la noche despertó a Tonatiuh Sol que escuchaba la música de incomparable belleza; pero no le causaba placer. Otra vez, la música que lo despertaba llenaba de elogios a la noche. "¿Por qué? ¿Que es la noche sino un manto negro y frío?" Tonatiuh Sol ardía en celos. Sus rayos atravesaron el cielo. "Yo brindo calor y luz, ¿y quién me lo agradece? Desde hoy, ¡la música y el color serán sólo para mí!"

Tonatiuh Sol se lanzó contra la noche. En un instante, las estrellas se apagaron y Tezcatlipoca, la noche, desapareció detrás de la tierra.

9

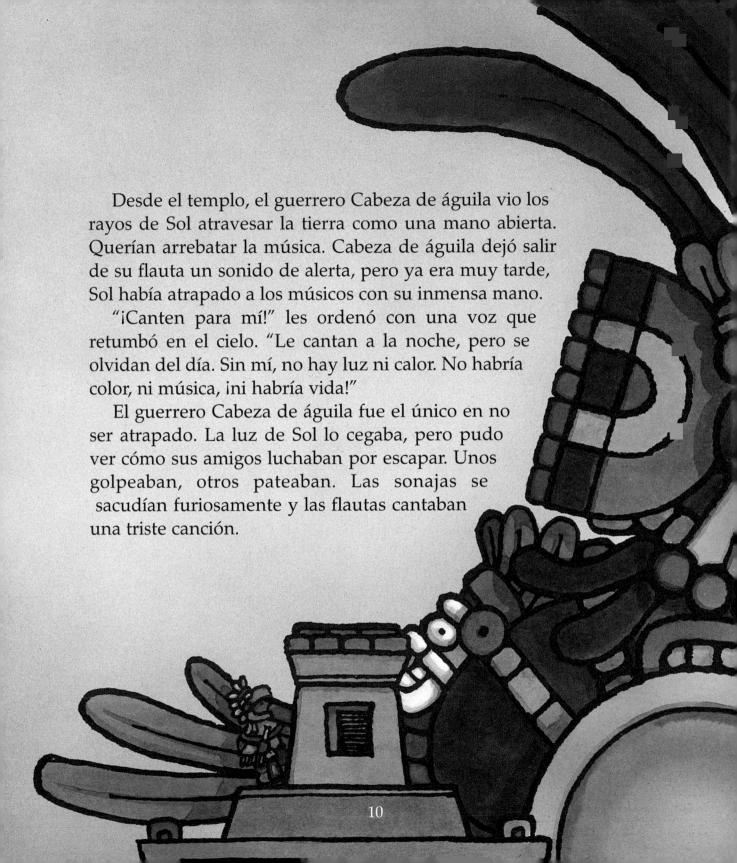

Desde el templo, el guerrero Cabeza de águila vio los rayos de Sol atravesar la tierra como una mano abierta. Querían arrebatar la música. Cabeza de águila dejó salir de su flauta un sonido de alerta, pero ya era muy tarde, Sol había atrapado a los músicos con su inmensa mano.

"¡Canten para mí!" les ordenó con una voz que retumbó en el cielo. "Le cantan a la noche, pero se olvidan del día. Sin mí, no hay luz ni calor. No habría color, ni música, ¡ni habría vida!"

El guerrero Cabeza de águila fue el único en no ser atrapado. La luz de Sol lo cegaba, pero pudo ver cómo sus amigos luchaban por escapar. Unos golpeaban, otros pateaban. Las sonajas se sacudían furiosamente y las flautas cantaban una triste canción.

Sol estaba admirado de la música y el color. No veía el dolor y la pena de sus prisioneros. Sabía que la música no era para él y apretaba sus dedos con más fuerza para que no se le escapara. Pero, Tonatiuh no estaba satisfecho. Un profundo silencio se apoderó del mundo.

El guerrero Cabeza de águila observó la tierra desde lo alto del templo. Sus amigos ya no estaban. No se escuchaba su música, ni su alegría. Tonatiuh Sol se los había llevado y la gente que quedaba, se movía en silencio sobre la tierra gris.

Cabeza de águila se cubrió la cara con su escudo de plumas y lloró. Cuando no pudo llorar más, tomó su flauta y llamó al Espíritu de la noche. Con cada nota le suplicaba ayuda para liberar a sus amigos y para traer la alegría de nuevo a la tierra.

Ninoyolnonotza, campa nicuiz yectli ya cuicatl
Ye nican ic chocan noyollo. ¡Tezcatlipoca!
Quisiera volver a escuchar la dulce música.
Mi alma llora. ¡Tezcatlipoca!

Tocó su flauta todo el día, pero no recibió ninguna respuesta, sólo Tonatiuh Sol lo había escuchado, furioso. "¡Hay una flauta que aún le toca a la noche!"

Corrió a la pirámide y extendió sus dedos para atrapar al guerrero y a su melodía.

Con todos sus fuerzas, Cabeza de águila le gritó al espíritu de la noche: "¡Tezcatlipoca! ¡Tezcatlipoca! ¡Tezcatlipoca!". Finalmente, el grito del guerrero fue escuchado por el dios. Cubriendo el cielo con su manto, escondió al guerrero en la oscuridad y Sol, temeroso de perder sus prisioneros, se hundió con ellos en el horizonte.

Con una flauta hecha de estrellas, Espíritu de la noche comenzó a tocar: "Eres el único músico que ha quedado en este mundo. Debes encontrar la Casa del Sol y ofrecer bellos regalos a Tonatiuh. Él necesita de atención. Cuando los hombres le canten y admiren, él dejará en libertad a los prisioneros". El viento se detuvo cuando el gran espíritu de la noche se alejó en la negrura del cielo.

15

El guerrero Cabeza de águila dejó su casa y salió en busca de la Casa del Sol. Recorrió bosques y desiertos, escaló montañas empinadas y rocosas. Caminó por el borde de la tierra hasta la playa y se paró frente al mar, donde aparecen las primeras luces del amanecer.

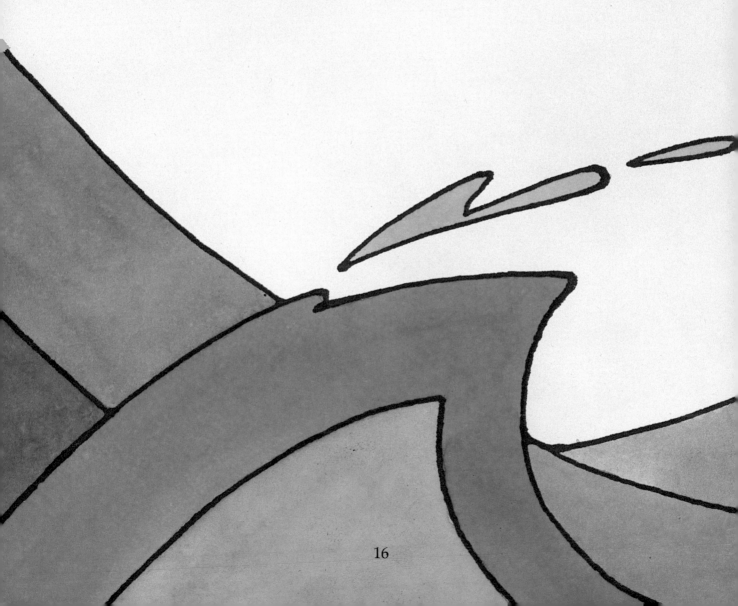

Buscó una canoa para atravesar el mar, pero no encontró ninguna. Luchó contra las olas, pero fue lanzado de nuevo a la playa. Quizo levantar el vuelo, recordando que él era el guerrero Cabeza de águila, pero no pudo. Trató de nadar contra la corriente, pero el mar se lo tragaba y conseguía malamente mantenerse a flote para poder respirar.

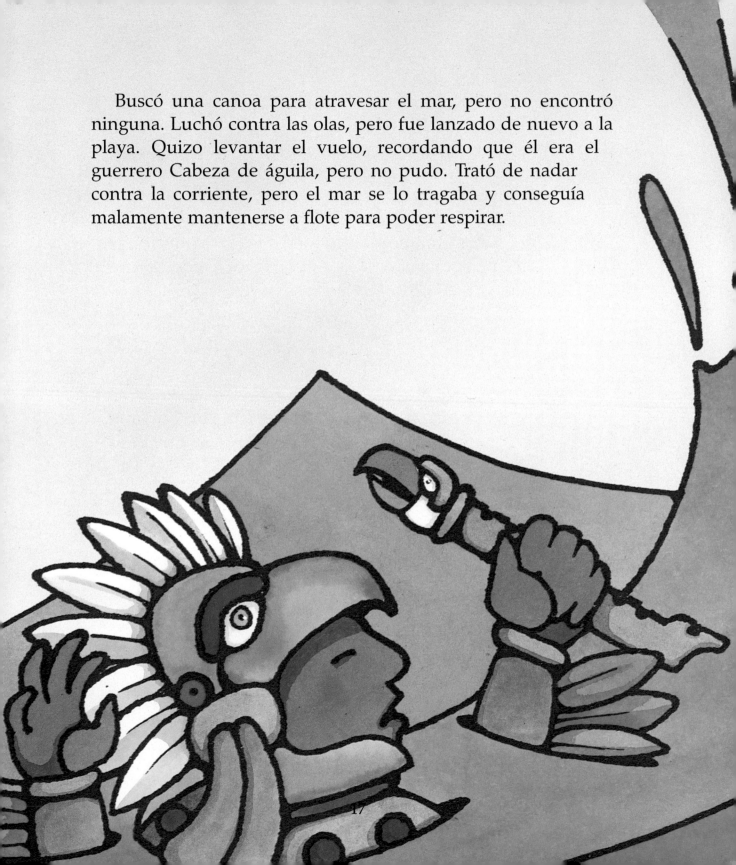

"¡Ayúdame, espíritu de la noche!" decía. Se llenaba los pulmones de aire y el mar lo cubría de nuevo. En la distancia, pudo escuchar la flauta de su dios y observar tres figuras que se le acercaban. De pronto, sintió como su cuerpo era empujado fuera del agua y se vió parado sobre el carapacho de una tortuga gigante y rodeado por una ballena y un cocodrilo.

—Debo llegar hasta Tonatiuh Sol, antes de que se levante en el horizonte. Él tiene a mis amigos, el color y la música —dijo el guerrero.

—Tú solo no puedes hacerlo —le respondieron.

—Nosotros te ayudaremos —dijo la tortuga—. Haremos un puente desde aquí hasta la Casa del Sol. Nos ha enviado el Espíritu de la noche.

—Entonces, debemos ser más rápidos que una flecha —dijo el guerrero Cabeza de águila, viendo que Sol ya iba a salir del agua.

La tortuga se movió torpe y lentamente a pesar de la prisa. Los tres animales se alinearon haciendo un puente desde la playa hasta el punto donde el Sol se encuentra con el cielo.

Cabeza de águila llamó: —¡Tonatiuh Sol! Yo soy Cuauhtli, el guerrero Cabeza de águila. —Levantó su flauta y comenzó a tocar—. ¡Escucha mi cuicatl! ¡Libera a mis amigos!

Con un rayo de luz, Tonatiuh Sol respondió:

—¡Esa música no es para mí! ¡Tú sólo le tocas a la noche!

La flauta del guerrero Cabeza de águila no podía sonar como la noche anterior en el templo. Tezcatlipoca no estaba con él, sólo la ira del Sol.

20

Desesperadamente, miró la tierra y no encontró nada a qué cantarle. Sus amigos no estaban y todo estaba gris y triste. Sin la luz del sol, la tierra no tenía vida. Por primera vez, el gran guerrero Cabeza de águila comprendió que la música, la alegría y el color no eran sólo de la noche. "¿Cómo pude despreciar el calor y la luz que Tonatiuh Sol nos ofrece?"

Levantó su flauta y recordando la belleza del día, comenzó a tocar:

¡TONATIUH! ¡TONATIUH! ¡TONATIUH!

Su música sonaba como los rayos del sol, atravesando las olas. Cuauhtli le cantó al calor y a la luz que brillaba en las nubes.

Tonatiuh Sol escuchaba. La música estaba dirigida a él. ¡El guerrero Cabeza de águila cantaba para él!

¡TONATIUH! ¡TONATIUH! ¡TONATIUH!

Con cada nota, el sol se enternecía.

La música llenó el cielo y Tonatiuh comenzó a abrir su apretado puño. Desde ese día, los hombres empezaron a adorar la Casa del Sol como el lugar donde la vida comienza cada mañana.

¡TONATIUH! ¡TONATIUH! ¡TONATIUH!

Desde la tierra, descolorida y silenciosa, los hombres levantaron la cabeza y miraron asombrados a Tonatiuh Sol, que ahora giraba ofreciendo luz, calor y vida.

¡TONATIUH! ¡TONATIUH! ¡TONATIUH!

Todos comenzaron a cantar, dándole las gracias a Sol, que destellaba feliz al oír su nombre una y otra vez. Al fin, esa bella música era para él. Tonatiuh Sol se unió a la danza.

¡TONATIUH! ¡TONATIUH! ¡TONATIUH!

26

Sus enormes manos se extendieron para abrazar el mundo y los músicos, ya libres, comenzaron a tocar sus instrumentos. La ballena los llevó hasta la orilla, mientras el cielo se llenaba de colores.

¡TONATIUH! ¡TONATIUH! ¡TONATIUH!

29

El mundo cantaba. La luz del sol devolvió los colores al mundo. El guerrero Cabeza de águila fue llevado por Sol hasta el espíritu de la noche y su flauta tocó para todos. Los hombres danzaban y Tonatiuh y Tezcatlipoca decidieron unirse a la danza, mezclando sus bellos colores de luz y sombra.

GLOSARIO

azteca: Civilación del antiguo México también llamada mexica.

cuauhtli: Nombre de guerrero azteca águila en lengua Nahuatl

cuicatl: Canción en Nahuatl; el Nahuatl era la lengua de los aztecas; todavía se habla en algunas regiones de México.

tecolote: Búho, lechuza

teponaztli: Tambor hecho de madera por los aztecas; los palos utilizados para tocarlos estaban cubiertos en sus extremos con una resina extraída de los árboles.

Tezcatlipoca: Dios de la noche; su atributo era un espejo humeante, donde podía observar todo lo que sucedía en la tierra.

Tonatiuh: Dios del sol y guía de los guerreros; a los aztecas se les llama el Pueblo del Sol.

vevetl: Tambor hecho de madera; su toque era solemne y podía ser escuchado desde 6 millas (10 kilómetros) de distancia; también hacían tambores pequeños que se colgaban al cuello para poder bailar y tocar a la vez.